Made in the USA
Las Vegas, NV
14 November 2024

11815450R00057